雾灵三部曲

3

西蒙的记忆

[美]苏珊·谢德 文　[美]乔恩·布勒 图

漆仰平 译

G 贵州出版集团　贵州人民出版社

目录

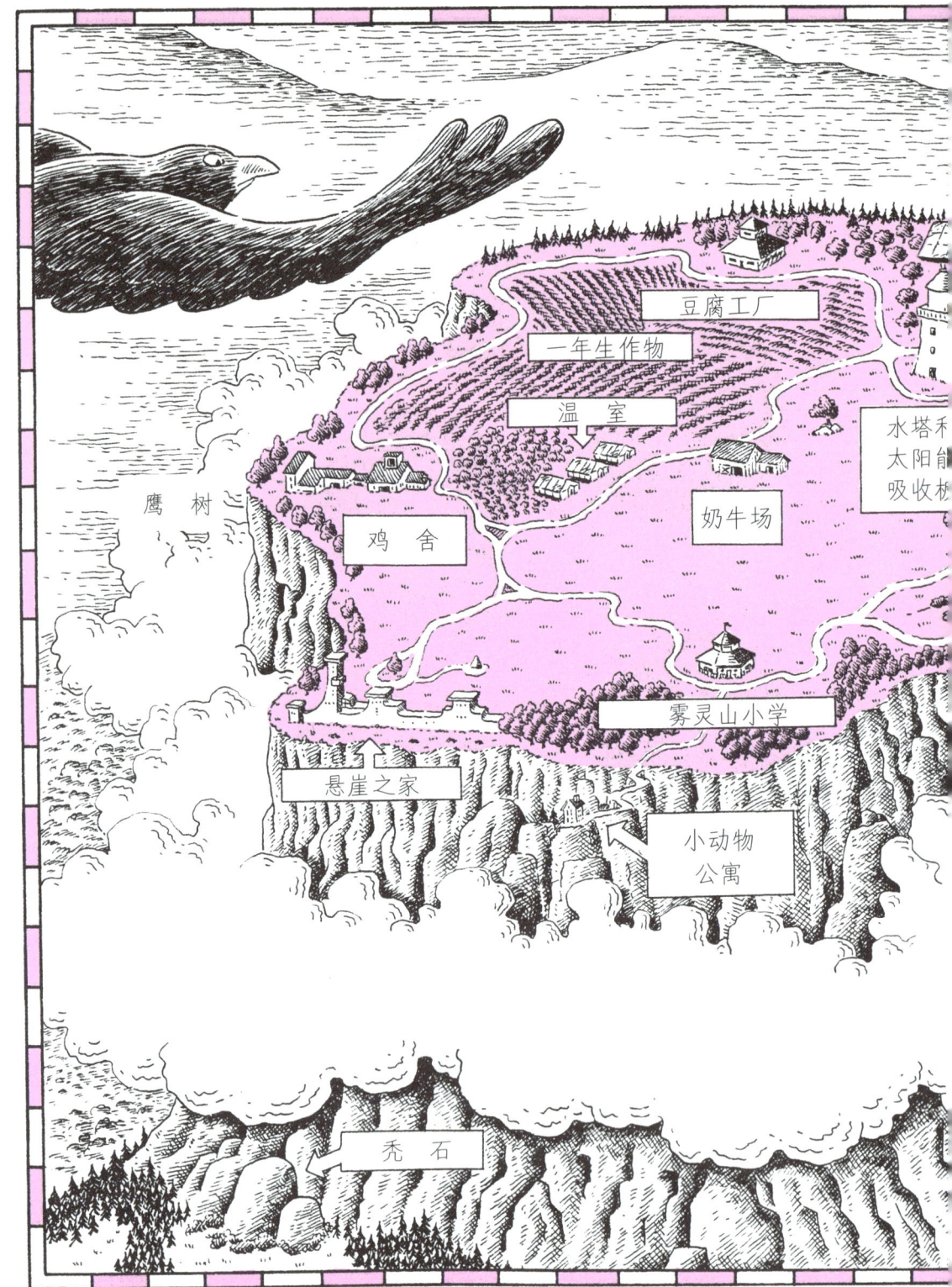

豆腐工厂

一年生作物

温 室

水塔和
太阳能
吸收板

鹰 树

鸡 舍

奶牛场

雾灵山小学

悬崖之家

小动物
公寓

秃 石

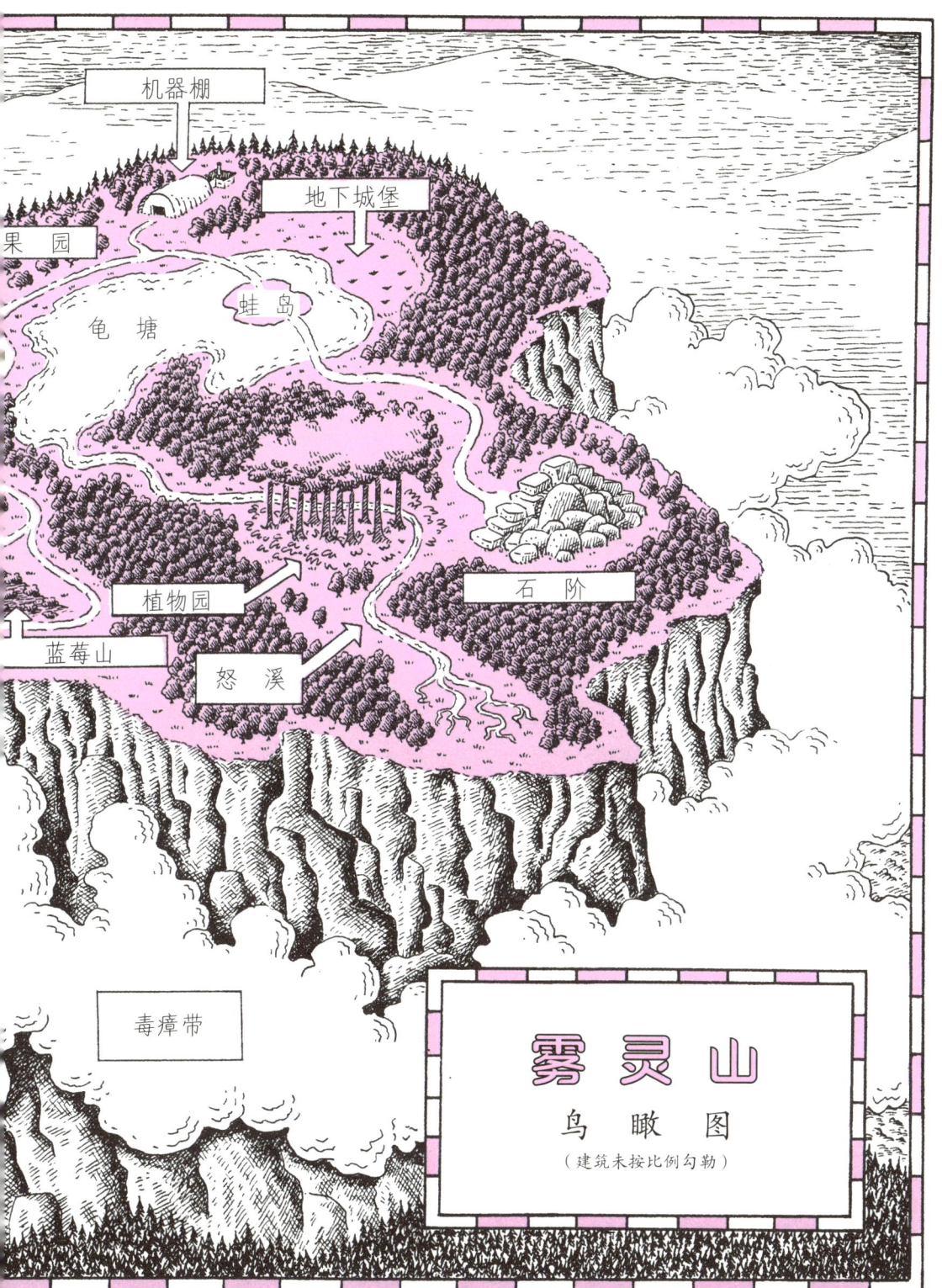

机器棚

地下城堡

果园

龟塘

蛙岛

植物园

蓝莓山

怒溪

石阶

毒瘴带

雾灵山

鸟瞰图

（建筑未按比例勾勒）

引言

在传说里，曾经有数目庞大的人类统治着地球，我们把这段时期称为"人类统治时期"，人类将地球上的资源消耗殆尽之后，就神秘地消失了，留下了这个苍茫荒凉、濒临毁灭的星球。

极少数动物存活了下来，历经艰难的岁月。

不知过了多久，在这片贫瘠的土地上，又有种子复苏，嫩芽破土而出，藤蔓爬上了层层岩石，参天大树拔地而起，又是一派生机盎然的景象。

到我开始游历时，地球上的生命重又生机勃勃，丰富多彩……

❖ 在**野森林**里，少量会说话的动物（比如我自己）住在大树下，采摘果子果腹，提防着野兽来袭，讲述着发生在过去的故事。

❖ 就连寸草不生的**毁灭之城**，动物们也存活了下来，生活在人类遗留下来的残垣断壁中，吃着人类制作并保存下来的美味。

❖ 在**雾灵山**，那个与世隔绝的地方，一群有教养的动物过着自给自足的生活。一个被超低温冷冻并缩小了的科学家——目前硕果仅存的人类，被解冻后竟然还活着，仅仅大脑受了些轻伤！

❖ 这个人带着我们漂洋过海，到达了**远南岛**，那里居住着一群会说话的鸟，他们以水果和昆虫为食。与此同时，邪恶的变异螃蟹在水下制造出大型的机器人。

会不会像露比担心的那样，有些动物正在重蹈多年前人类的覆辙？人类当年犯了什么错呢？我们这些被牵扯进来的动物有可能阻止他们的行动吗？

当我们又从远南岛奔赴**马特研究所**时，我很想知道，我们能否在新的一站找到这些棘手问题的答案。

1

时间机器

王尔德，这几头熊认为，解决鼠貂问题之前，我们应该多了解了解过去发生的事情。

你真觉得咱们应该在这里了解吗？

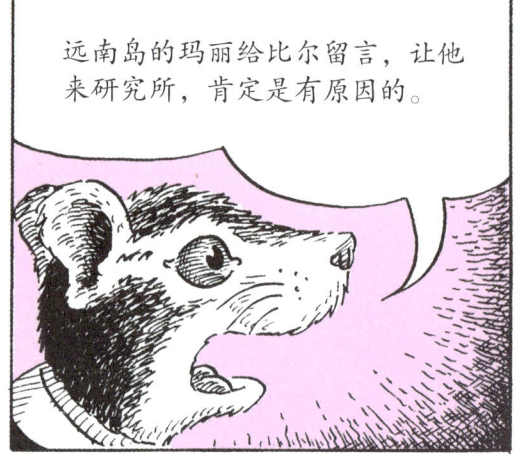

远南岛的玛丽给比尔留言，让他来研究所，肯定是有原因的。

可是她肯定想不到，比尔在发现她的这段留言时，已经被冰冻太长太长时间了。

说不定她知道！还记得吗？留言上写着：**时间并非阻碍**。

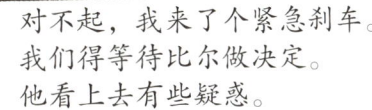

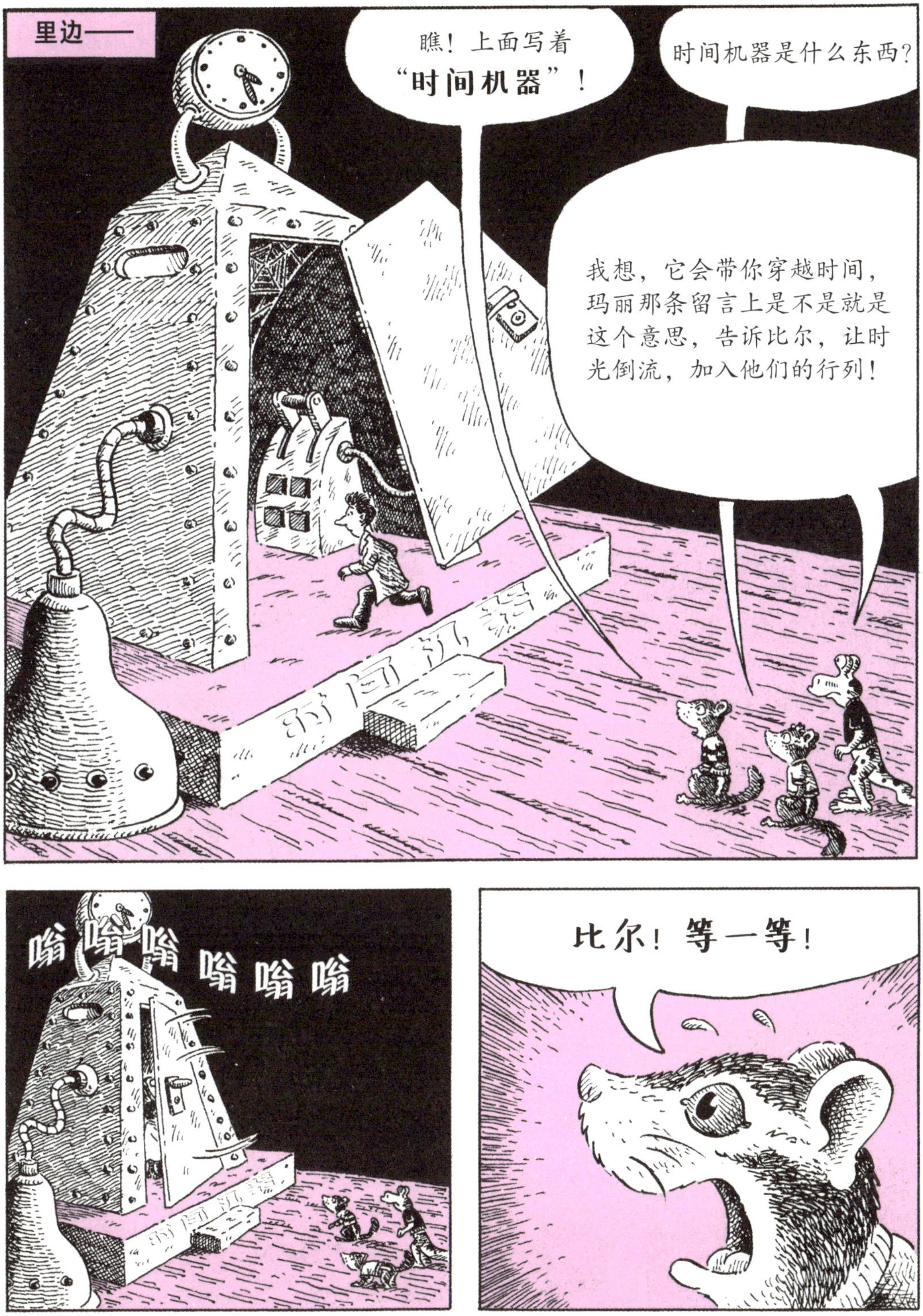

里边——

瞧！上面写着**"时间机器"**！

时间机器是什么东西？

我想，它会带你穿越时间，玛丽那条留言上是不是就是这个意思，告诉比尔，让时光倒流，加入他们的行列！

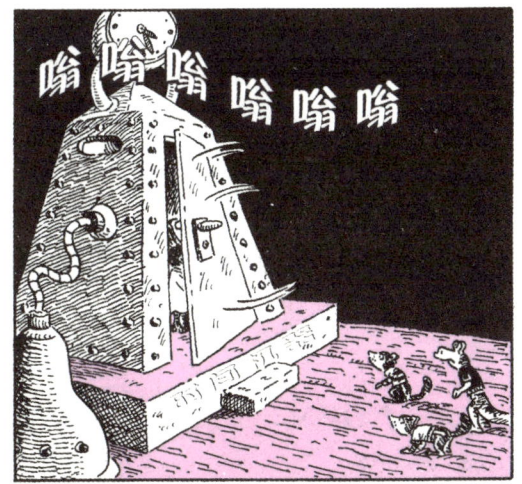

嗡嗡嗡 嗡嗡嗡

比尔！等一等！

2

会说话的乌龟

　　"恐龙！"克拉拉大叫一声。我们立刻躲到了一块石头后面。

　　恐龙？

　　我偷偷探了一下脑袋："真有恐龙？"

　　克拉拉指指他们："尼尔斯，你自己看吧。"

　　布朗说："如果我没记错的话，恐龙可比人类古老多了，这就意味着，时光倒退得过头了。这里肯定没有关于人类的信息。"

　　我们全都注视着那些原始动物，他们的头部是方的，脖子上的皮皱巴巴的。其中一只慢慢转到我们这边，张开了大嘴。

　　"布拉噗！"

　　"哇！"我大叫，"他们看见我们了！"

　　我死死抓住克拉拉和比尔的胳膊，我们向后退去，一直退到一丛野草下，总算安全了，布朗却挺身而出。

　　"布朗！"我压低嗓门叫他，"你要干吗？"

让我惊讶的是，布朗竟然冲着那些恐龙发出粗鲁的声音。

大型动物们全都看向布朗。其中一个张开大口："卟噗噗噗！"

"布朗！"我大叫。

布朗放声大笑起来。"没事啦！"他说，"他们不是恐龙，只是乌龟而已！他们是会说话的爬行动物！"

"没想到你还会说爬行动物的语言。"我说。

"为什么不会？"他回答，"我就是一只爬行动物呀！"

克拉拉说："布朗，这些乌龟大得太离谱了，他们不会吃肉吧？"

"我来问问。"布朗说着，冲他们打了几个饱嗝。

其中一个大家伙回答："布拉吃。"

布朗进行翻译："他说他们不是肉食动物，他们只吃树叶呀、草呀之类的。"

"一个'布拉吃'容纳不了那么多意思！"我抗议。

"是的，爬行语是一种相当原始的语言，"布朗解释说，"我必须把它润色后说给你们听，其实他刚才只是说'肉，恶心'。"

哦，谢天谢地，我们不用再躲着了。

比尔清了清喉咙，打个嗝儿，学着瞎说起来："咩咩！"

一只乌龟当即大声咆哮着向比尔冲过来！他甩着大龟壳上的水，长爪子搭在岸上，趾甲抠

下了一块块污泥。布朗跳到比尔和这只乌龟之间，用语速极快的爬行语大声劝阻。乌龟们发出不满的呼噜声。

克拉拉咯咯地笑起来："比尔，也许你是动物会话方面的专家，但你这回演砸啦。"

比尔清了清喉咙，像是又要试一试爬行语，我连忙捂住他的嘴，阻止了他。

"比尔，别把这些乌龟惹急了，"我恳求他，"也许能从他们这儿探出点儿信息呢，你别再说话了，好吗？"

比尔叹了一口气，点点头，坐了下来。

"问他们点儿什么吧。"我对布朗说。

"我该问什么？"

"我也不知道。那就问问这是历史长河中的哪个阶段吧。"

布朗一言不发地看着我。

"好吧好吧，"我说，"这种问题对乌龟来说可能是太难了。问问他们……嗯……周围有没有人类。"

布朗思考片刻，然后指着比尔发出一些声音："阿普斯？"

一只乌龟回答了，另外一只还加了几个词，接着水里的乌龟都在说："赫扬克！ 赫扬克！ 赫扬克！"

"他们说什么？"我问。

布朗用手臂做出"嘘"的动作，不让我出声。一直听完乌龟的话，他才开始翻译。

"我估计他们在说，很久很久以前，他们曾经属于一个人类男孩。他们的个头很小，而男孩很大，可现在他们很大，而眼前这个人（比尔）很小。他们觉得这件事情挺有趣。他们说，在看见比尔之前，他们以为人类全都消失了。"

"哇！"我的脑筋飞速转起来。他们属于一个人类男孩，他们以为人类全都消失了。"你们知道这意味着什么吗？"我问。

我的目光从布朗转到克拉拉，再回到布朗身上："那说明，他们经历了人类统治的末日！"

我太激动了！我一直好奇，在人类身上究竟发生了什么事，可我每次问比尔，他都会说（如果他开口的话）："意想不到的结果。"（对比尔来说，说话可没那么容易。别忘了，他在冰冻舱里待了好久好久。）

谈话进展得不错。我搓搓手掌，说："问问他们，那些巨大的人类后来怎么了。"

"好。"布朗问了他们。

他们一齐开了口，又忽然同时停住，相互望着。

布朗指了指第一只乌龟。他开口了。等他说完，布朗挠了挠鼻梁说，"我没太听懂。好像是说，人类吃了绿梅就都病倒了。"

比尔站出来，点了点头，指着这只乌龟说："没错。"他又对我们说，"是**绿梅病毒**。绿梅不能吃，可……嗯……被植入体内了！"他指了指自己的鼻子，难过地摇摇头。

"被植入体内？真恶心！"我说，"所有的人都是吗？"

第二只乌龟开始大喊大叫，布朗耐心聆听。

"她说，人类之间有太多的打打杀杀。"

"正确，"比尔又开口了，"公路暴力。"

"我觉得她是说战争。"布朗说。

"公路暴力战争。"比尔说。

"就是说，所有的人类都死于被植入绿梅，或是公路暴力了？"我问。

"安静。"布朗发话了。

第三只乌龟开始说话。我们都在聆听，然后转向布朗，期待他的翻译。

布朗问比尔："'大量的清洁产品'是什么意思？"

比尔没有回答。

我更加迷惑不解了。"所有人都死了？"我又问。

比尔摇摇头。"许多意想不到的结果。"他叹息着。

"问问乌龟，"我对布朗说，"是不是所有人都死了。"

布朗张开嘴正要说话。一声巨响，乌龟们的脑袋立刻消失了。我、布朗和克拉拉也转身就逃。

别吃了我们！

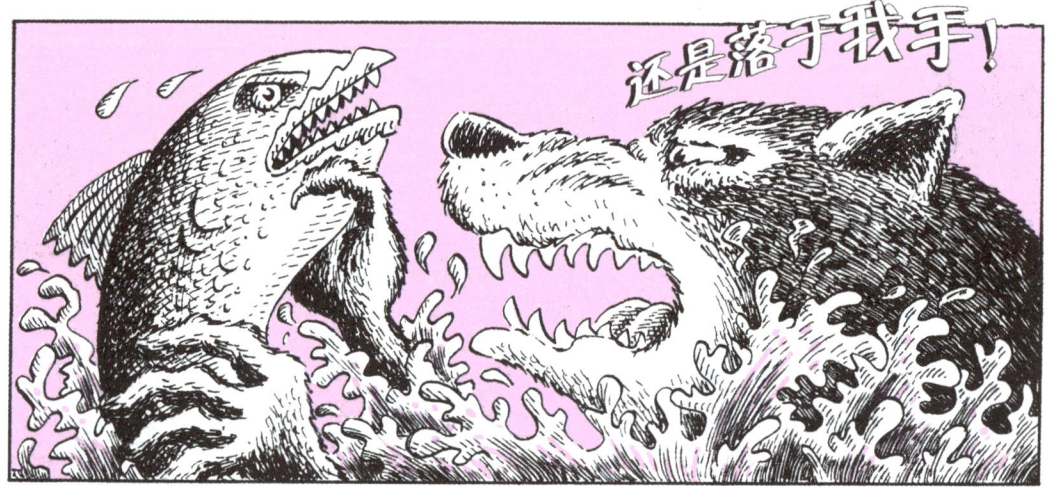

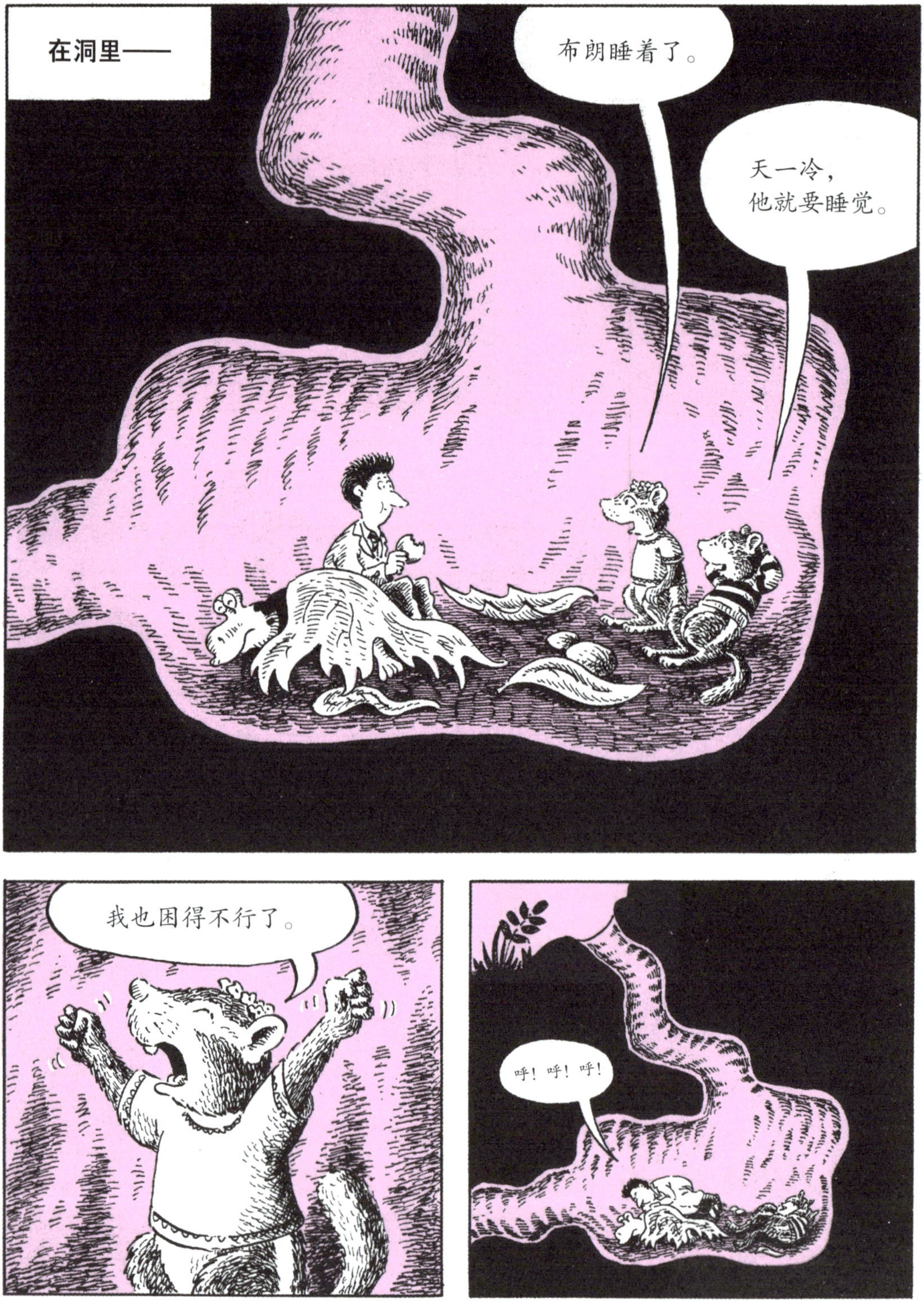

尼尔斯，你睡着了吗？

还没。

咱们还能再见到奥莉薇和露比吗？

当然能啦。只是得先找到时间机器。

但愿能找到！

我觉得，那些乌龟提供的信息远远不够。假如能走进更远古的时期，咱们就可以自己去寻找答案了。

可是，我只想回到自己的时空里。

当然，我们同样办得到。

希望如此。

等等！别吃我们！

别吃？能给个不吃的理由吗？

4

狼　人

我和克拉拉互相对视一眼。我不知道该说什么。

"他会说话。"克拉拉小声说。

我转过身大声说："你不该吃我们，因为你是个会说话的动物！我们也是会说话的动物！这是野森林的规矩。"

他咧开嘴巴，露出牙齿，不怀好意地瞥了我们一眼："这里可不是什么野森林。我只遵循自己的规矩——狼人阿普西隆的规矩！"

他停了下来，我飞速转动脑筋，想找出个别的理由。

"我不该吃你们，还有其他理由吗？"他挑衅道。

我说："有许多许多理由。"

布朗说："尼尔斯，说下去，介绍一下比尔。"

我说："这是比尔。"我朝比尔那边抬抬下巴，"他是地球上最后一个活着的人！你总不能吃掉最后一个活人吧？"

狼人看着比尔。可怜的比尔对他笑笑。

"作为一个人，他实在有点儿小，是吧？"狼人说。

"他在超低温冰冻舱里被缩小了。"我解释道。

"我们来自未来，是通过一个时间机器来这里了解人类的过去的。我们要拯救地球。"

"一个时间机器！哈哈哈！"

狼人笑得太猛了，整个身子都要翻过去了。他的脑袋向后仰着，露出一口闪亮的大白牙，还流着口水。"哈哈哈！"

我趁机努力扭动身体，争取自由。

"花栗鼠，你想逃走？可没那么容易。"他取下挂在腰带上的一个小笼子，一下把我们全关了进去。

咔，笼子的门关上了。

"别白费劲了，"他接着说，"这笼子的原材料坚不可摧，这可是我在研究所找到的。"

我不大肯定"坚不可摧"是什么意思。不过，我奋力向笼子咬去，却连一个牙印也没留下。

狼人看着我，笑了："像这样的好东西，研究所里多的是，比如那个没用的破时间机器。哈哈！就算它曾经能用，肯定也是很久以前的事情了。自打我在这里，那玩意儿就不起作用了。它把你们转起来，然后把你们从排气孔吐出去，对吧？"

他发出轻蔑的笑声："你们根本就没有穿越时空，在空间距离上，也就是十几千米远吧。"

没有穿越时空？可……

"友善的狼人先生，您能告诉我们去研究所的路吗？"克拉拉用很小的声音问。

"放弃我几年来捕到的最好玩儿的猎物？"他回答，"我很想知道，

我为什么要那么做呢？"

他打开笼子，把我们握在手里，举了起来，好看得更清楚。

"不，"他说，"我要带你们回去美餐一顿。"见我们惊恐不已地倒抽一口冷气，他坏坏地窃笑着，"我的意思是，请你们吃饭。"他加了一句，大笑起来。

大笑终于止住了，他说："别放在心上，我的幽默有点儿野蛮，天性如此。"

他重新把我们放进腰间的笼子，然后带着我们四个飞蹿，轻盈地穿越一片黑漆漆的常青树林，距离能救我们的朋友越来越远了。而我们，只能紧紧攥住笼子的软网，以避免与同伴相撞。

我在脑海里翻来覆去咀嚼着他的话。没有穿越时空？可那些乌龟的话怎么解释？他们说他们经历了人类统治时期，他们曾经属于一个人类男孩！可他们有那么老吗？

狼人跳上一个布满苔藓的石阶，接着，攀上一个岩壁，他停下来，仰天长啸："嗷……"

我忧心忡忡地看向克拉拉。接下来会怎样呢？狼人真准备请我们吃午饭吗？还是我们要去充当午饭？

5

腌黄瓜

抓紧！他要腾空跃起了。

像是个用岩石雕刻出来的房子！

35

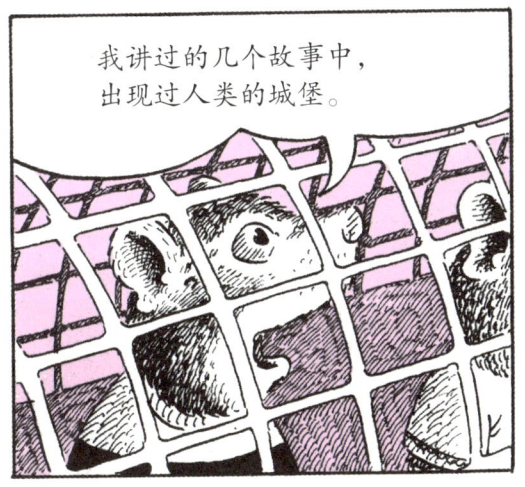

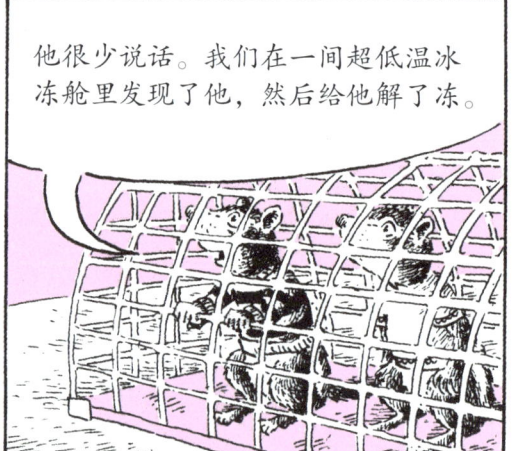

39

6

嘎吱作响的碎骨

我想，讲讲我们自己的故事也没有什么坏处吧。其实我觉得，狼人阿普西隆越了解我们，就会对我们越热情。这种想法应该不会错吧？

"嗯，"我开始讲了，"我生活在野森林……"

"哦，是有那么个地方，我去过，"阿普西隆说，"其他几位呢？蜥蜴和缩小人从哪里来？他们不像是森林里的动物。"

"我是在毁灭之城遇见布朗的，"我继续讲，"他给蜥蜴女王当间谍。"

狼人跳起来："蜥蜴女王？她杀了我的父亲！"这几个字简直是从他牙缝里挤出来的。他喉咙深处发出低沉而愤怒的吼声。"嗷嗷！我要将牙齿扎入那只怪兽的体内！"他把爪子扎进木桩里，恶狠狠地咆哮着，将木桩撕成了几截。

他又坐了下来，不过，这次只能坐在木桩的边缘，怒气冲冲地盯着我们："真想把你们也撕成肉块！"他笑了，那对橘黄色的眼睛眯成了一条缝。"你……"他一只爪子指着布朗，"还活着吧？快告诉我有关蜥蜴女王的一切。"

布朗醒了过来。他在睡意蒙眬中嚼了一片腌黄瓜，吞得太快，差点儿噎住。他咳出那片腌黄瓜后，定了定神，勇敢地对狼人说："我为什么要说？你给我们什么好处？"

"你必须告诉我，"阿普西隆咆哮道，"我要拧断那个邪恶女王的脖子！那根珠光宝气、疙疙瘩瘩的脖子！"

布朗还是没有作答，阿普西隆立刻再次暴跳如雷，在屋内踱来踱去。

"怎么才能让你们相信我不会伤害你们？"他问。

"把我们放出笼子。"我赶紧回答。

"不行，"他冷笑道，"你们想逃跑？你们可是有我需要的信息呢！你们就相信我吧，只要把蜥蜴女王的事情和盘托出，我就放了你们。"

布朗用肘轻推了我一下，我转过身贴近他。"我不知道该不该相信他，"我低声说，"你的信息是我们唯一的交易条件了。我们该怎么办？"

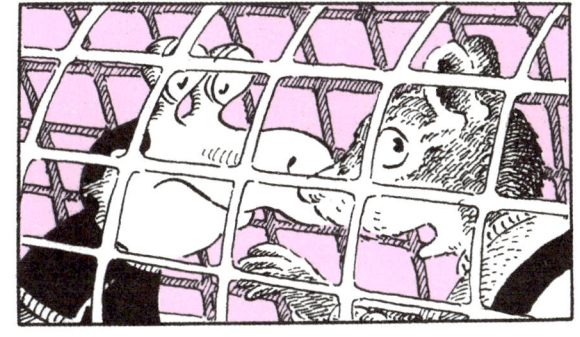

比尔站起身，大声清了清喉咙（比尔少言寡语，所以每次说话前都需要清清喉咙）。

"咳咳，"他走到笼网边，对狼人说，"带我们找到奥莉薇。"又转身对我们说，"然后就告诉他。"

他欢快地笑着，又坐了下来。

当然可以！"比尔，好主意。"我说。

"奥莉薇？"阿普西隆问。

"奥莉薇是一头熊，是我们的朋友。"我解释道，"如果你把我们带到马特研究所——她和她的熊朋友在那里，我们就告诉你我们所知道的一切。对吧，布朗？"

布朗点点头。

阿普西隆眯着眼打量我们："你们的熊朋友？我为什么要相信这种匪夷所思的话？"

"是真的！"克拉拉紧握笼子的网，鼻子都伸到了外边，"我是雾灵

山的克拉拉。我们和熊生活在一起。他们管理农场，住在悬崖之家。或许你听说过雾灵山？"

他皱了皱眉头："没听说过！我还以为你们两只花栗鼠是一起的。现在听着是越来越离谱了。我觉得你们全都是在编故事！"

"啊哈！"布朗说，"还有你没听说过的呢！尼尔斯，给他讲讲远南岛，还有那些变异螃蟹。"

狼人不耐烦地哼了一声。

"嘘，"我对同伴们说，"别打岔。"

我接着对阿普西隆说："只要你带我们回马特研究所，我们就把一切都告诉你。"

"这是我们的底线。"布朗补充道。

阿普西隆站起来，在屋内来回踱步，偶尔朝我们这边瞥一眼，最后，

他趴在炉火边，脑袋搁在手臂上，一动不动地瞪着我们。

我观望着，等待着。这时，只见他竖起一只尖耳朵，听着门口的动静。门是敞开的。就在那一刻，我都能听见自己的心跳了。有人过来了！

阿普西隆默默站起身，拎起装我们的笼子，放到壁橱里。他想了一下，又倒了些腌黄瓜，推到我们伸手就能够到的地方。

"别出声！待会儿再谈！"他急切地说完后，关上了门。

这时，响起一个很大的声音："嘿，狼人，你这老家伙！逮到什么了？"

壁橱的门没关紧，我们能看见一线光亮，听见所有对话。

阿普西隆说："是雪灰和平基啊！欢迎欢迎。什么风把你们吹到我的城堡了？"

"这是城堡？"有人低声咆哮。

"别人这样告诉我的。"阿普西隆回答。

"差劲！这里热死了！"另一只动物高声发着牢骚。

"袋子里是什么？"阿普西隆问。

"一些小零食。想煮熟吗？"

"生肉，我只吃生肉。"是那个发牢骚的声音。

"平基，你真是个粗人。"

布朗在黑暗的壁橱里猛拉了我一把。"咱们现在不能走吗？"他低声说。

"什么声音？"一位访客警觉地问。

"不过是几只老鼠，"阿普西隆回应，"他们不会打扰我们的。"

老鼠？我转过头看看克拉拉，她那双大大的眼睛里充满了惊恐。

"狼人，真不理解你干吗不吃掉那些老鼠。"叫平基的那个说。

阿普西隆随口回答："哦，我们相处得挺好，他们给我收拾骨头。平基，你想来个鸡腿吗？"

"当然。"

46

"我要肝。"他那个低音同伴——雪灰说。

好一阵都没有对话，只有恐怖的嚼骨头声。嘎吱嘎吱，啧啧，嘎吱嘎吱嘎吱。

"天哪，"布朗在我耳边低语，"我们必须要听吗？"

"嘘。"

过了一会儿，那个叫平基的问："阿普西隆，今天逮着什么好东西了？"

"一般般。"阿普西隆回答。

"你是猎食还是准备做标本？"雪灰追问。

"来什么逮什么，不管是什么。"阿普西隆轻笑道。

他没有说出我们，而是给了一个不知所云的回答。我多少有些相信他了。当然，在那片嘎吱嘎吱、吧唧吧唧的声音中，我没有抱太大奢望。

其中一个打了个饱嗝。"嗝！味道不错。"是平基。

我想，听三只大型肉食动物猛嚼生肉和骨头，真是再悲惨不过的事情了。可接下来的沉默让我的血液几乎凝固了！他们现在要做什么？

7

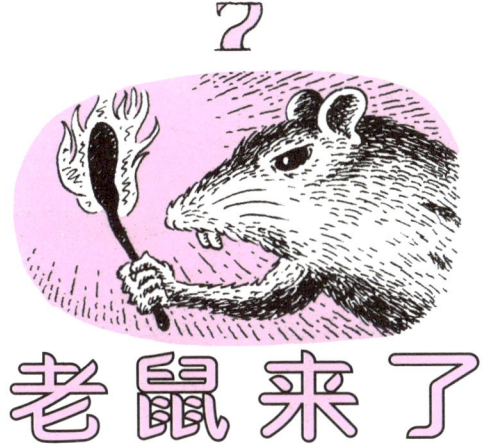

老鼠来了

回到研究所——

奇妙的旅途!

拆噗拆噗车噗!*

★翻译：谢谢你！太感谢了！

如果我们真的没有穿越时空，那几头熊应该还在这附近。

奥莉薇？露比？

王尔德？

所有的地方都找遍了，他们能去哪儿呢？

也许回到船上了。

8

喋喋不休的比尔

我大声读起信来：

亲爱的小家伙们：

你们去哪儿了？我们到处找都找不到，真担心你们会……不过，王尔德坚信，尼尔斯会带领大家渡过难关的。本来还要继续找你们的，可我们收到了来自鱼鹰米特的紧急求助：变异螃蟹正在袭击毁灭之城！

比尔大叫了一声："哼！那些……坏……坏……天哪！应该怎么表达？"

"还没完呢！"我冲比尔皱皱眉头，接着读起来：

远南岛的部分鸟和鳄鱼已经赶去了，他们将和海狸、豪猪一起保卫毁灭之城。威利请求我们支援，王尔德已经迫不及待了。我们会尽快回来的。等着我们。餐厅有大量罐头食品，还有你们需要的一切。

匆匆。

　　　　　　　　奥莉薇、露比、弗雷迪以及王尔德

又及，万事小心！我们会尽快回来的！

比尔还在气急败坏地说着："那些……心里明白，就是说不出来，急死我了。"他在岩石上跳上跳下，"那些……嗯……嗯……"

我再看时，他消失了！

"他掉下去了！"布朗大叫，"当心！"

我急于看清楚比尔的去向，差点儿也滑倒，掉下去。当然，我会游泳。可比尔会吗？而且，我也没看见他的脑袋浮出水面。

"我要下去！"我边说边脱去套头衫。

"等一下！"克拉拉从防护堤向沙滩跑去，一边还指着下面，"我看见他了！他快被冲上岸了！"

海浪把比尔冲到了岸边，他的白色大衣在沙滩上很显眼。

我穿上套头衫，和大家一起向比尔跑去。我和克拉拉把湿漉漉的比尔拖到了干地上。

"把他翻过来，"布朗说，"挤干他身上的水！"

可比尔把我甩开了。他吐出一口海水后，用响亮的声音说："我知道了！咳、咳！**你们想知道人类的错误吗？草率的实验就是其中之一**。我曾告诉同行：你们不能没有完善的防备措施就进行基因改造实验，否则后果将不堪设想！"

比尔啐出一些沙子，用胳膊肘撑起自己，把我们三个看了个遍。"哈！"他指着我说，"瞧瞧你！"

我们全都吃惊地望着他！比尔能像正常动物那样说话了！被水泡过之后，他大脑的某根线路肯定是连接上了。

比尔坐了起来，海水滴滴答答地从他身上流下。

"你们都是强壮、健康、善良的动物！"他接着说，"进化得很好！

适应你们的环境！"

我直起身，挺了挺胸。

"绝对是玩忽职守！"他大叫，"为了个人的利益滥用科学知识，制造出聪明的螃蟹，那些螃蟹居然还有一部分人类的基因，真是难以置信！现在，变异螃蟹又在制造威力巨大的巨型机器人！当初人类犯的错还不够吗？我真想知道，到底是哪个企业制造出了邪恶的鼠貂！其实，了解怎样做一件事并不意味着必须去做啊！"

他一边用手指把湿头发捋直，一边目不转睛地盯着我们，就像这些滔天大罪都是我们犯下的一样。接着，他张了张嘴巴，像是要继续。

克拉拉迅速打断了他："不过比尔，你不是也用动物做实验吗？不是你让我们的祖先会说话的吗？"

"还有手指头的问题！"布朗补充。

"是的是的，当然。"比尔不耐烦地摆了摆手，"可是我的实验全都是在精密控制之下进行的，没有任何纰漏！我的动物们经过培养，受到监视，没有……"他停下来，"没有……"他从侧面打量着我，岔开了话题。"我从没在蜥蜴身上做过实验。"他指着布朗说。

"可花栗鼠呢？"我问。

"是我最大的成就，"他自豪地

说，"小动物是我最满意的。不不，不完全对。还有熊！哈哈！如果要我评价自己，那绝对是天才！看见大熊的手指头了吗？干得太漂亮了！他为什么能……"

克拉拉对我笑笑："尼尔斯，咱们肯定是亲戚，"她平静地说，"你的祖先肯定是从雾灵山离开，然后在野森林定居的。"

比尔注视着克拉拉，听着我们的对话。"那可不是我干的，"他为自己辩护，"是我的助手。在他愚蠢的头脑里，动物应该是自由的，就应该放归自然，好像他们在山上的生活不好似的！其实离开雾灵山能活下来都是奇迹！"

他转向我："我从没想到在世界的另一个地方还生活着这么多动物。会说话的豪猪和会说话的海狸。"他突然一甩头，像个疯子一样大笑，"哈，哈，哈！"

突然间，他停下来，对着布朗皱起眉头："可我不知道你们蜥蜴是怎么加入进来的。太有趣了，我现在得想想。布朗，你说你的祖先是从哪里来的？"

"呃，比尔？"我有话要说。

"我从来就不知道，"布朗回答，"可我并不是唯一会说话的爬行动物。还有蜥蜴女王和鳄鱼呢。"

"没错没错，我就是这么想的。你知道，鸟类自己学会了使用语言，没有其他基因的介入。玛丽在这方面是个天才，一个智慧女孩。可那个时候，能对我的女儿有什么期待呢？"

"比尔。"我再次试着插话。

"玛丽是你的女儿？"克拉拉问。

"当然啦。我教给她所有的知识，如果不是这样的话……"

"比尔！"我大叫一声。

"尼尔斯，怎么了？"

"你的助手叫什么？就是那个放生动物的助手。"

"那个淘气鬼！"比尔说，"波波，他叫波波。他把我的玛丽也带走了。当然，他不是个坏孩子，只是有点自以为是，觉得自己懂的比我多，年轻气盛的蠢家伙。"

我蹦起来，大喊："我想也是！是《波波的故事》，那个故事是真的！实验室的助手，笼子，科学狂人！"

我赶紧住了口。"呃，那个……传说里就是这么讲的。"我结结巴巴地说完了。

"准确地说，那不是笼子。"比尔说，"我的动物们有十分舒适的地方，很大，很干净，很……"

"波波打扫的！"我打断他，"传说里是这么讲的。"

"嗯，是事实。可事实往往在时间的长河里变了模样，尼尔斯，这你懂吧？不能完全相信你听到或读过的东西。我记得……"

我没有在听。比尔滔滔不绝地说呀说。从某个角度讲，我更喜欢他少言寡语的时候。可话又说回来，他给了我们不少信息。我有了太多要思考的问题：

波波是个真人！比尔就是那个疯狂的科学家！我的祖先有可能来自雾灵山。对了，在《波波的故事》的结尾有只叫西蒙的花栗鼠，怎么说来着？

> 一个没有月亮的夜晚，大地寂静无声，波波冒着危险，静静地穿过密门，打开一个又一个残忍的笼子。第一个被放出来的是花栗鼠西蒙。

"走吧，你自由了。"波波悄悄对他的小朋友说。

"可你呢？"西蒙问。

"没什么可怕的，"波波回答，"我也会逃跑的——去一个人类与大自然和谐相处的地方。"

"波波，如果可以的话，我选择跟着你。"西蒙说。

波波望着这只花栗鼠，良久，他笑了："好吧。"

这就是《波波的故事》的结尾。

比尔还在讲："……我填充记忆板块时，使用削减措施去除干扰层……"

布朗用他粗糙的胳膊肘碰了碰我："喂，我们现在该去看看餐厅了吧？"

没错，结束了这么漫长的一天，我又累又饿。比尔还全身湿漉漉的。天就要黑了，到时会变得很冷，我可不想抬着沉睡的布朗爬上那座大山。

"来吧，比尔。"我掉过头，拖着沉重的步伐向研究所走去。

"……我可没想过改变自然规律……"比尔咕哝着。

"嘿，比尔！"我突然意识到什么，打断他，"现在你可以告诉我们人类最后的日子了吧？"

比尔的嘟囔声戛然而止，他看着我。

"人类最后的日子？我一直努力查明的，不正是这个？我想知道我的女儿玛丽怎么样了！记得吗，那时我被冻在冰冻舱里。"他顿了一下，"当然了，我是不得已才出此下策。虽然我非常确信我的动物在山上是安全的，可是，当毒性鼠疫和发酵云的范围扩大之后……"

"我不知道你在说什么，"我说，"我只是一只花栗鼠，比尔。"

他停了一会儿，看着我的脑袋，然后像是在自言自语："我想知道，头的大小是否与语言能力相关……"

我心想，你的脑袋现在不比我的大多少，难道你没注意到吗？不过我没说出口。

爬山的一路，比尔都在嘟嘟囔囔说个不停。我打算晚些时候，等他安静下来了再问他。

9

餐 厅

好了，我们又来了。

哪座建筑物里装满了**罐头食品**？

我要是考虑到神经突触的**震动因素**就好了！那是我的一个重大错误。

奥莉薇说在餐厅。

在那儿！

快点儿，我都要饿死了。

68

这儿肯定就是厨房了。

比尔，你最好脱掉这些湿漉漉的衣服。

看！栗子泥！

我最喜欢了！

栗子泥

你也知道，基因科学可比医药技术复杂多了。道德问题实在是层出不穷，时空不同，人们的思想也会发生改变。

我记得你们说过，他的话不多。

我们希望他赶紧闭嘴。

尼尔斯，当心！

舔

你们在这儿！我都找遍了！熊都去哪儿了？

75

10

毛毛归来

是乌鸦毛毛!

"毛毛!"我大叫,又能见到他,我真开心。毛毛曾经和我们一起游历了远南岛。

他飞进来,落到了比尔身边。"嘿,朋友们!这是你们的新朋友吗?"他朝阿普西隆点点头。

"不算新了。"我说。

"一个基因处理的有趣实例,并不算成功,但值得日后研究。"比尔说。

毛毛歪着脑袋,好奇地望着比尔。这不怪他,要知道,我们上次见面的时候,比尔几乎沉默不语。

"狼人阿普西隆,"阿普西隆介绍起自己来,"毛毛,很高兴见到你。这些花栗鼠还是有点怀疑我的动机,可我向你保证,那不是事实。"

"那你到底想干什么?"毛毛问。

"我只是想聊聊,"阿普西隆说,"我听说蜥蜴布朗曾为蜥蜴女王效劳,我想知道更多关于她的情况。"他顿了一下,"我和蜥蜴女王有不共戴天之仇。我年幼时,跟我的家人住在毁灭之城。我对比尔说过,会说话的基因并没有在狼人家族的每个人身上体现出来。瞧,我的父亲不会说话,但他是头优秀勇敢的狼。当时,蜥蜴女王想要我们的房子,但她知道我父亲绝对不会退让,因此,她提出进行一场公平

的决斗。公平！"阿普西隆轻蔑地重复道。

"很自然，我的父亲接受了挑战。就在他要取得胜利的时候，蜥蜴女王把她的大部队鼠貂召集来，把他打败了！真希望我能亲手结果那个卑鄙、贪婪、无耻、自私、丧心病狂的家伙……"

比尔伸出一个手指头，说："人类的劣根性。"

阿普西隆龇牙咧嘴。

"当然了，并不是全体人类都是坏蛋。"比尔飞快地补充了一句。

"我要去除掉那个恶棍。"阿普西隆咆哮着。

"你将为全世界造福。"毛毛说，"但我想，你们应该先听听她现在在做什么！"

"做什么？"布朗说。

"我到这里来，就是要告诉你们和那些熊。对了，他们在哪里？"

"他们去毁灭之城了，要从变异螃蟹手中拯救出它！"克拉拉解释道，"鱼鹰米特去接应他们了。"

"可恶！"毛毛说，"我肯定在路上和他们擦肩而过了。"

坐在椅子里的阿普西隆探过身："你是说，这些小家伙真的认识那些熊？"

"当然，"毛毛说，"奥莉薇、露比和弗雷迪。我听说雾灵山有很多熊。"

阿普西隆吹了声口哨。"为什么这些花栗鼠不怕他们？"他问毛毛。

"因为他们是素食主义者！"我大声说，"不像你，我们在你的壁橱里听得一清二楚！"

"吃素的熊？我不信！"

"哼，你什么都不知道！"我说，"他们种植水果和蔬菜，喝牛奶，吃奶酪和鸡蛋（我应该在鸡蛋前加上未受精这几个字），还有煎饼！"

"精耕细作。"比尔说。

"我认错，"阿普西隆的背微微弓下去，说，"真遗憾，我没见过他们。"

"是啊，我也是。"毛毛说，"我们需要他们的帮助。"

"毛毛，接下来呢？"布朗说，"你从毁灭之城赶来的吗？变异螃蟹在那里吗？"

"他们在。"毛毛突然放声大笑起来，"你们马上就知道了！"接着他就绘声绘色地讲起那场战争。

11

邪恶之战

"变异螃蟹们驾驶着巨大的泡泡舱破水而出，准备占领整座城市。"

"他们由一队武装的机器人掩护着。"

"鼠貂鸣着警笛，向海边涌来。"

突突突突嘟嘟嘟嘟

"鼠貂们还从码头上的一间旧库房里拖出一个巨大的绿色机器。"

"是一种发射垃圾桶炮弹的大炮。"

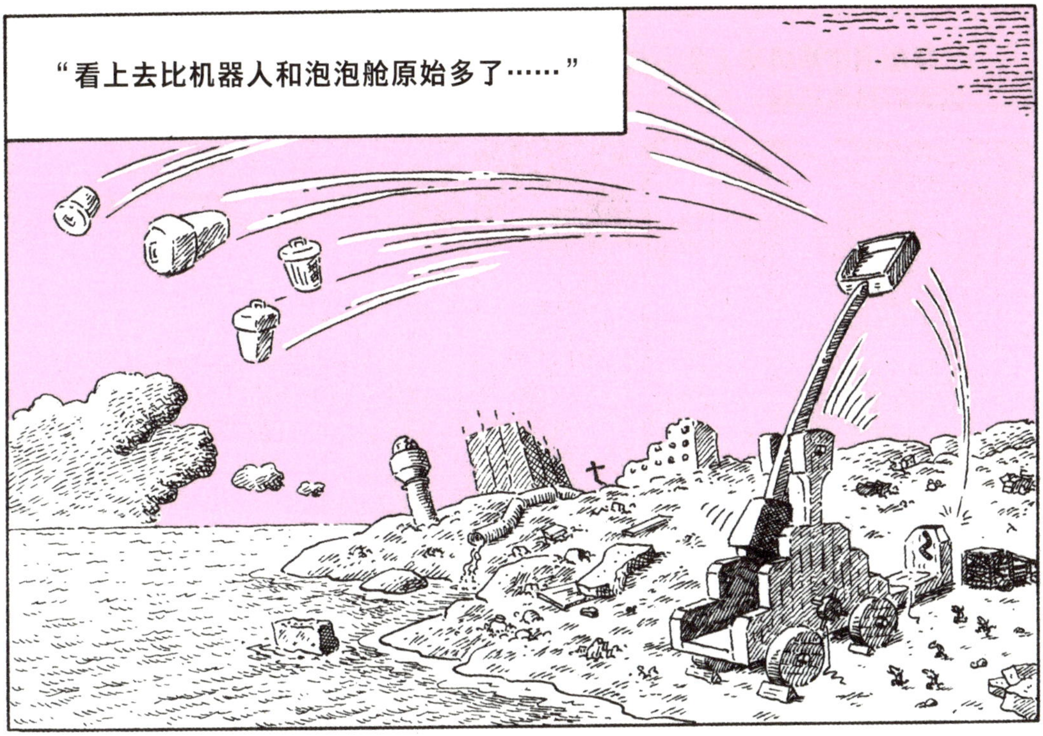

"看上去比机器人和泡泡舱原始多了……"

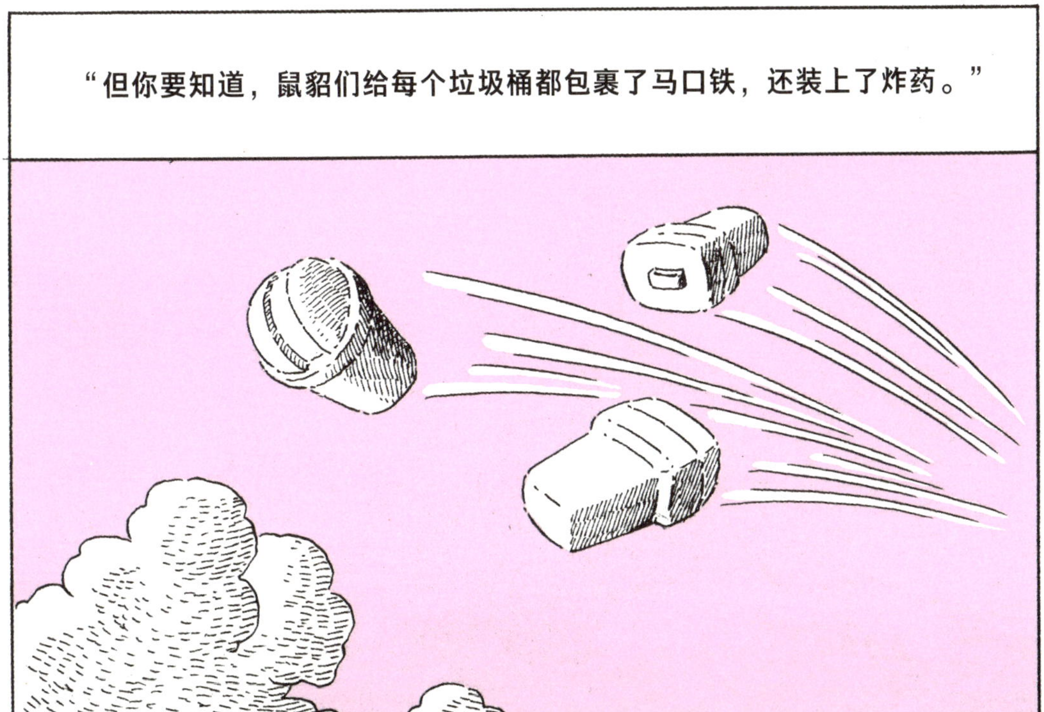

"但你要知道，鼠貂们给每个垃圾桶都包裹了马口铁，还装上了炸药。"

"一些泡泡舱被击中。"

"更多的开始失控，四处乱蹦。"

"巨型机器人和螃蟹残兵前来报复。"

"毁灭之城变成了战乱之城。"

"当一切都结束时，只剩一片狼藉，海边到处都是冒烟的弹坑和残存的金属块、金属熔液。放眼望去，再没有一息尚存的鼠貂及螃蟹。"

12

秃石

老地图

　　"一场邪恶的战争。"比尔总结道。

　　"坏蛋们就相互残杀光了？"我问，"在王尔德和熊赶到之前？"

　　毛毛点点头。

　　"我打赌，他们肯定失望极了。"布朗说。

　　"不过，至少王尔德又见到老朋友了，他一定很兴奋。"克拉拉说，"既然鼠貂都没有了，那我们就能回城了！"

　　"你刚才问到了熊。"阿普西隆提醒毛毛。

　　"噢，对了，这是坏消息。"毛毛梳理了一阵羽毛，然后向窗外望去，"有些鼠貂并没有死。"

　　"然后呢？"我催他。

　　"蜥蜴女王也没有。"他又停住了。我们都在等待。

　　"听说他们正向雾灵山进发。"

　　"雾灵山？"我大叫。

　　"别担心，"克拉拉笑了，"他们根本进不去，你忘了？他们无法通过毒瘴。"

　　"雾灵山，"阿普西隆说，"你们中间就有谁住在那里，对吧？毒瘴是什么？"

　　"我们现在全都住在那里，"我说，"哦，除了毛毛，他随时可以来。"

　　"毒瘴就是雾气，雾气笼罩着整座山，"克拉拉解释道，"抵御外敌侵略，也保护我们免受肉食动物的侵犯。"

"但是，你可别忘了，"布朗说，"雾气对我不起作用。它让你们变得疯疯癫癫，可一点儿都没有影响我。记得吧？你们当时已经神志不清了，是我把你们带了出去。"

布朗转身对阿普西隆说："很可能，由于某种原因，爬行动物不受雾气中那种化学成分的干扰，而蜥蜴女王就是爬行动物！"

比尔说："由于雾灵山的海拔高，周围的冬季漫长，雾灵山上根本没有爬行动物生存。我必须承认，在配制雾气时，我根本就没有考虑到他们。我们来看看，我应该多加一点儿单环芳烃基吗？稠环芳烃基？不对。或者配出花粉腺体分泌物和淤泥的混合味？不不，这些都是错误的方法。我得找更多气味来试试——芳香的月桂味，也许，呃……"

这期间，毛毛一直在跳来跳去。

"雾？！"他说，"他们说蜥蜴女王有张地图，上面标出了避开雾气的秘密通道。"

我们都看着他。

"一张地图？"我说。

"通往密道？"克拉拉的声音都颤抖了。

"我们离开雾灵山时，普达交给奥莉薇一张地图，"我说，"可我不明白，蜥蜴女王怎么会得到它。"

"你们落在奥莉薇库房里的那些地图呢？"布朗问。

我望着他："什么……"我想起来了，"我的天哪！"我大叫，"瑞格纳的地图！我们还以为那些地图被火烧掉了！"

"什么火? 瑞格纳是谁?" 毛毛问。

"瑞格纳是奥莉薇的另一个姐姐,"
我解释道, "那个死去的姐姐。我们在毁
灭之城王尔德那里发现了她的日记,还有
几张地图。我们本打算带在身上,可走得
太慌张了,奥莉薇想到的时候,她的库房
已经燃起了熊熊大火!我们以为地图会被
烧毁。可我刚刚记起来,蜥蜴女王当时就
在那里,她应该在大火烧起来之前就拿到
了地图。"

"哦!" 克拉拉叫道, "绝对不能让她进入雾灵山!想想那些小家
伙!还有乌鸦和小鸡们!他们根本不会保护自己,他们甚至没见过肉食动
物。太可怕了!"

"也许寒冷的天气能帮上忙。" 我满怀信心。

"不一定," 毛毛说, "她可能会有所准备,别忘了,她还会带上
鼠貂,他们可不怕严寒。我本来是这样计划的:看看这些熊能否跟上她和
鼠貂。熊的行进速度是很快的,因此我认为他们有机会追上那群坏蛋。然
后,我就可以飞进山里报信。我本希望奥莉薇能告诉我怎么进入山里,但
现在……我真是有些不知所措了!" 他垂头丧气地耷拉着脑袋。

我看着他,缓缓地开
口了:"首先,我可以告
诉你怎样到达那里。只要
沿着我们坐船顺流而下的
线路飞回去就行,我可以
给你画张地图,你飞进去

肯定没有问题。不过，我希望我也能去！〞

　　我开动脑筋：〝如果有奥莉薇的直升机，我们就都可以去了！〞

　　〝其中一头熊有直升机？〞阿普西隆问。

　　〝是的，〞布朗说，〝我们乘坐过！我和尼尔斯！但是被鹰击落了。〞

　　〝直升机现在在什么地方？〞

　　〝撞毁了。〞我说。

　　〝嗯，就说到这儿吧，〞毛毛说，〝尼尔斯，你有纸笔吗？〞

　　〝提醒他注意老鹰。〞布朗说。

　　〝研究所里有一架飞机。〞阿普西隆伸直双腿坐下，盘起了双膝。

　　〝有吗？〞我爬到桌子的一角，这样能看见他的脸。

　　〝我不知道怎么飞起来，〞阿普西隆说，〝而且那也不是一架真正的飞机。〞

　　〝那是什么？直升机？〞

　　〝不是。〞

　　〝飞毯！〞我猜。

　　〝不准确，其实是张飞行沙发！〞

13

飞行沙发

 我给毛毛画了一张地图，告诉他如何飞进雾灵山。他飞走后，其他人都睡了一觉。早上，我们一起去看那张沙发。

你认为这张沙发能飞起来？

我从来没有想明白怎么让这张沙发飞起来。不过我见过一张图片，三个戴尖角头盔的人坐在这张沙发上，在空中飞。

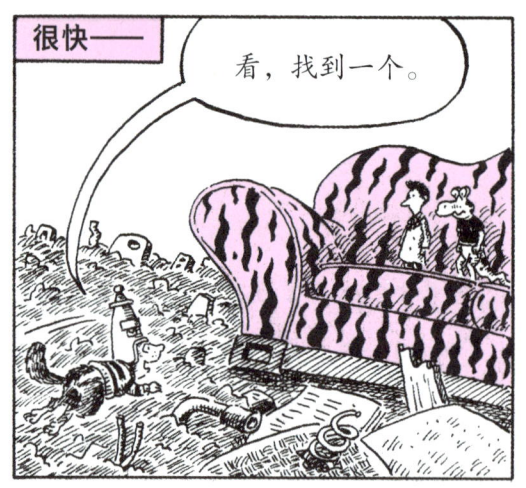

97

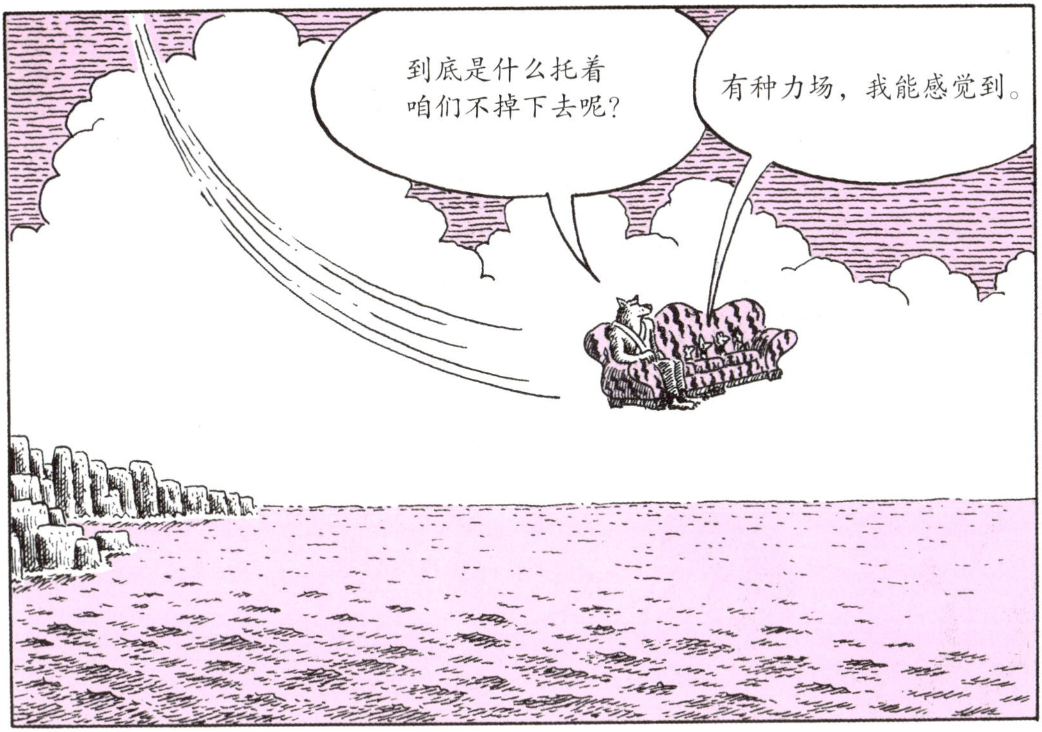
到底是什么托着
咱们不掉下去呢？
有种力场，我能感觉到。

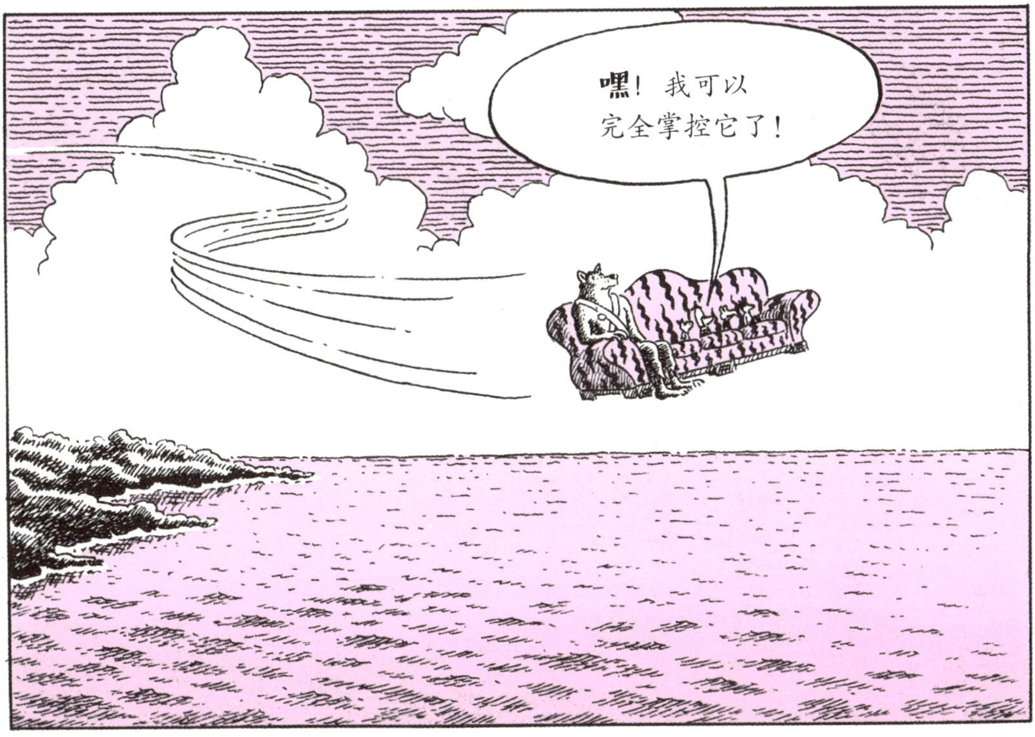
嘿！我可以
完全掌控它了！

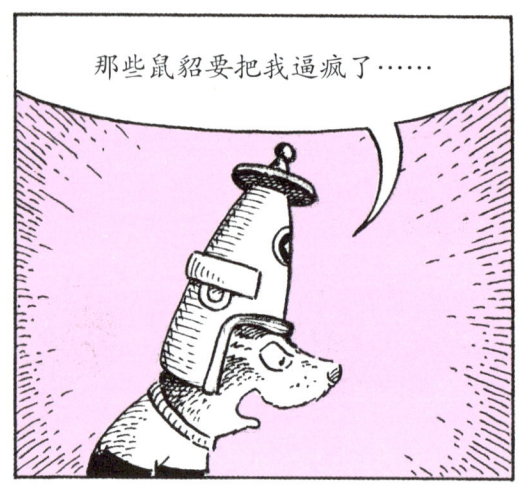

前方着陆，尼尔斯，趁着一片黑暗，我见一个踹一个。

你确信？他们的数量太惊人了，或许我们应该去把熊叫来。

当心！树枝！

我的头盔！

14

以一敌百

糟了，这可不是阿普西隆想要的。现在，我们不得不在明亮的日光下，面对一整群鼠貂。

可这就是现实。

鼠貂们轻蔑地眯眼冷笑。他们放下枪，捡起棍子、石头，怒吼着包围了我们。

阿普西隆站起身。"你们带比尔躲到那棵树上！"他对我低语，"局势对我们不利。"

阿普西隆大喝一声，伸出一只利爪，冲向为首的那只鼠貂，一掌把他拍到树上。那只鼠貂摔落在地上，呻吟不止。

我、克拉拉、布朗选中最近的一棵树，又是拖又是拽的，终于把比尔弄到了高高的树枝间，那儿是最安全的。

我们爬到一根树枝的末梢，

108

这样就能透过树叶窥探到下面的情况。

"出什么事了？"克拉拉问。

"我也想知道呢，"我回答，"下边简直是一大堆窜来窜去的毛皮。"

我们听见了怒吼声和呻吟声，看见该死的鼠貂不断被狼人踢到空中。

蜥蜴女王嚷道："追上他，你们这群蠢货！咬他的膝盖！一群胆小鬼！你们不会受伤！打倒他！他才一个，你们是一群！咬！快咬！"

鼠貂们一阵尖叫。

蜥蜴女王一直在叫嚷，嗓子都嘶哑了。

阿普西隆的吼声越来越弱。

"啊——哦，"我向下看了看，"不妙。"

他们把阿普西隆捆在我们藏身的那棵树下了。

我忍受着煎熬。"他们把阿普西隆捆起来了，"我说，"他看起来已经精疲力竭。"

"他已经尽力了。"克拉拉说。

"嘿，别难过，"布朗说，"他没死，对吧？如果阿普西隆已经牺牲，他们就不会把他捆起来了！"

鼠貂们舔着各自的伤口。蜥蜴女王向阿普西隆走来。

"你们给他留了一口气，"蜥蜴女王搓着双手，"好极了！现在，在吃掉他之前，我先来逗弄逗弄他。"

"糟了。"我忍不住叫了一声。

"我当是谁呢，"蜥蜴女王不怀好意地瞥了一眼，"哎呀，原来是那个英勇狼人的儿子，没错吧？"她又高声笑起来，向阿普西隆的光脚丫一步步靠近。

她忽然停下了脚步，四下张望："什么声音？"

嗡嗡嗡嗡嗡嗡嗡嗡嗡嗡嗡嗡嗡……从山那边传来一阵低沉的响声。

"去看看是什么！"蜥蜴女王冲一只受伤的鼠貂咆哮道，"快去！别管你那该死的伤！"

那只鼠貂立马一瘸一拐地向山那边走去。

嗡嗡嗡嗡嗡嗡嗡嗡嗡嗡嗡……

他忽然在山坡上停了下来，紧接着，大喊着抱头鼠窜。

"怎么了？"蜥蜴女王叫道。

我们在树上看得清清楚楚。

15

瑞格纳

16

贪婪的女王

"我们得去阻止她！"克拉拉已经穿过树林，去追赶蜥蜴女王了。

"可我们能做什么呢？"我追上去，"有个计划才行吧？我们不该去找奥莉薇或寻求别的帮助吗？"

"我不管你，可我不打算去找奥莉薇，蜥蜴女王很快就会没影儿了！我得跟上她，看她要做什么。跟不跟我去，随便你！"

"我当然跟你走。"我有些生气。

"那就快点儿，天已经越来越黑了。"

幸运的是，蜥蜴女王的步伐不算快。她好像并不知道自己被跟踪了。（这就是个头小的好处——很难被发现。）

我和克拉拉不再说话，在蜥蜴女王身后一路小跑，从一棵树下窜到另一棵树下。我们还在路上捡了几个坚果。我一直在想，我们追上去能做什么呢？用武力？肯定不行！进入迷宫后，跑到她前面，向普达发出警告吗？我不知道离迷宫还有多远，也不知道我们还能这样跟多久！

太阳落下了，蜥蜴女王依然拖着沉重的脚步向前走。

我的腿开始酸软无力，就快支撑不住了。随后，克拉拉就在我身边摔

倒了。我扶她站起来。

"克拉拉，咱们歇一歇。"我说，"这样的速度坚持不了多久。我们得好好筹划一下。"我递给她一个坚果，"给，吃掉它。"

克拉拉一坐下就哭起来："她要是到了雾灵山怎么办？"她愤怒地用脏爪子擦了擦脸颊，费力地站起身，"我们必须阻止她！"

"别，等一下！"我又拉她坐下来，"我们没必要耗尽体力，看出怎么跟上她了吗？她的大尾巴一直拖着，在铺满松针的地面留下了痕迹。我们放慢速度，跟着她的痕迹走！她早晚会停下来休息，那时我们就能追上了。"

"可以吗？"克拉拉小声问。

"我敢保证！"尽管我没那么肯定。要是能知道还有多远就好了！

月光下，我们看得清清楚楚。幸运也眷顾着我们，沿着印迹走了个把小时，我们就跟上了她。克拉拉屏住呼吸，突然停下脚步，抬起一只胳膊拦住了我。我悄悄踮起脚尖，停在她身边。

蜥蜴女王正睡在一堆即将熄灭的火堆旁。

"小心。"克拉拉提醒道。我们从一块岩石后面探出头，眼前的景象令我吃了一惊。那是奥莉薇的直升机残骸！是她从那棵大树上晃下来的！我正要冲上去，克拉拉把我拽住了。

"当心！"她声音压得很低，但语气急切。

"那是直升机！"我小声回应，"我知道这是哪里了，密道的入口就

在不远处！"

"那就更要小心了，"克拉拉低声说，"四处看看、闻闻、听听。"

当然，她是对的。她在提醒我提防肉食动物！我羞得面红耳赤。万一因为自己的大意让我们暴露，完不成任务怎么办？我们小心翼翼地踮着脚尖，在敌人的外围嗅着空气，观望着，倾听着。

蜥蜴女王安然地打着呼噜。

"天这么冷，"我说，"她不会醒的。我们必须夺回地图！"

蜥蜴女王那对吓人的爪子紧紧攥着地图，抱在怀里。

我深深吸了一口气。"我去，"我说，"你在这儿等着，万一……"

"不许再说了，"克拉拉说，"我们一起去。"

我们蹑手蹑脚地靠近沉睡中的蜥蜴女王。

她打着呼噜，身上各式各样的珠宝在月光下闪闪发亮。

我们停下来，距离地图只有一步之遥。

静待片刻，我屏住呼吸，伸出手，轻轻去拉那卷纸。纸沙沙作响，我

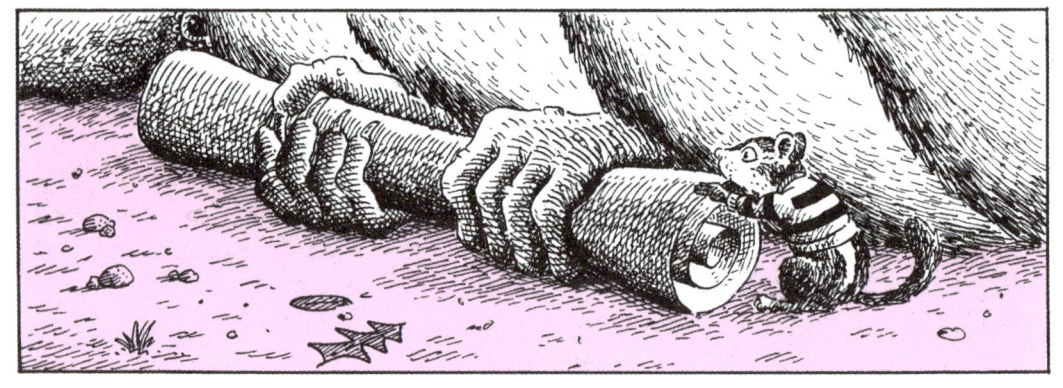

赶紧停下来。

蜥蜴女王没醒，我又拉出来一点儿。

地图拿到了！我紧张得不行，赶紧吸了一口气，稳住心跳。

克拉拉抬起纸卷的另一端，我们轻手轻脚地回到一小片矮树丛里。

我和克拉拉呼吸急促，牢牢抓住我们的宝贝。

"我们要看看吗？"克拉拉问。

我打开地图的一角，发现这就是我以前在奥莉薇库房里看见的那张，边角都已经烧焦变脆了。

我和克拉拉对视着。"怎么处理它？"她说，"带给普达？"

我向秃石的方向望去，那里标示着密道入口。我打量着沉睡中的蜥蜴女王，又看看微弱的火苗。灵感来了！

"烧了它！"我说，"咱们自己很难打开密道的，干脆在地图旁落之前，毁掉它。"

"没错！"克拉拉同意，"说干就干！"

我们又看了蜥蜴女王一眼，见她依然呼呼大睡，就把地图拖了过去，将一角靠在火堆上，火焰立刻跳了起来。

我们跳到另一头，一点一点地将纸推进火焰，看着地图燃烧变形，化为灰烬。但我们没有想到，火焰能温暖我们的敌人——她那布满鳞片的手猛地抓住了我们！

她紧握拳头，愤怒地摇晃着我们："我的地图！你们烧了我的地图！"

结束了歇斯底里的摇晃，她把我们举到她面前，我们甚至能闻到从她牙缝中渗出的毒液的味道。

"花栗鼠！"她看看我，又看看克拉拉，"你们两个我先吃谁？"

"快放开克拉拉！"我尖叫道，"我带你走密道！"

"不行！"克拉拉大喊。

"啊哈！一个叛徒一个英雄！两个都吃吧！不过你们得先带我到雾灵山！地球上最富足的地方！我要拥有全部财宝！我要统治雾灵山！没人敢违抗我！所有人都要对我俯首称臣！"

"可雾灵山什么财宝也没有。"我说。

"说谎！我现在就吃了你！"

"没有没有！"我说，"如果你放了克拉拉，我就带你走密道。"我使劲儿朝克拉拉挤眼睛，告诉她我不会真那么做。糟糕的是，蜥蜴女王看见了。

"你想耍我？"她从牙缝里挤出话来，"我现在就吃了这小姑娘，除非你立刻带我去雾灵山，去珠宝宫殿！否则我要一块一块地吃掉她，先吃一只小手，然后是另一只，接下来是一只小脚，然后是另一只。"她把克拉拉拎到她的臭嘴跟前，用舌头舔着克拉拉的爪子。

"别！我带你去！"

"尼尔斯，不能去！"

"把脑袋留到最后吃！"蜥蜴女王的声音里夹杂着浓重的唾液味儿。

"在那边！"我把头迅速转向秃石的方向，"去找一块没有苔藓和地衣的岩石，叫秃石。"

我打的算盘是，她一旦离开火堆，就会越来越冷，很快就会睡觉，像布朗一样。不幸的是，太阳升起来了，蜥蜴女王走进亮处，她皮毛大衣上的霜冻逐渐蒸发，散发出一股恶臭。

我得另想办法，而且要快！否则我就得带她去雾灵山，那样的话，克拉拉一辈子都饶不了我！

17

冰冻女王

我别无选择，我得告诉蜥蜴女王如何走出密道，否则，她会把克拉拉撕得粉碎。我唯一的指望是，等我们到了山上，普达能对付她。

我告诉她如何打开入口。

在岩洞里，蜥蜴女王把我放了下来，因为她知道我不会离开克拉拉的。

我带她走进瀑布后边的迷宫。

我带着她走迷宫时，有了一个主意。只要克拉拉什么都不说，别泄密！

克拉拉，相信我。

布朗说过，蜥蜴女王不识字。我心里不住祈祷，希望她现在依然如此。

这是电梯，通往雾灵山的。

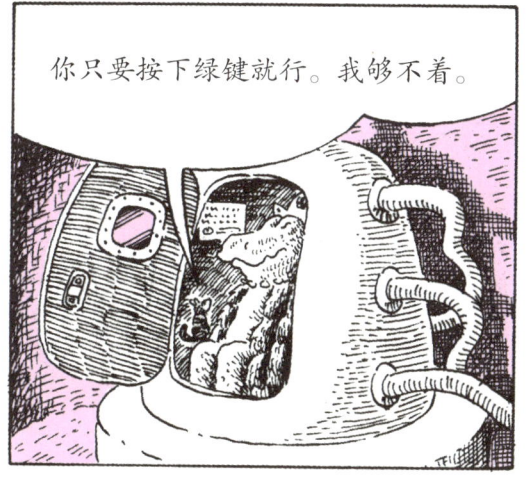

你只要按下绿键就行。我够不着。

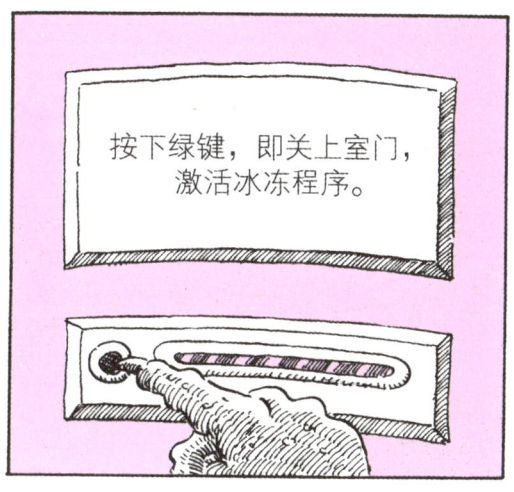

按下绿键，即关上室门，激活冰冻程序。

轰！！！

啊！

咬！

快，克拉拉！咬她，逃出来！

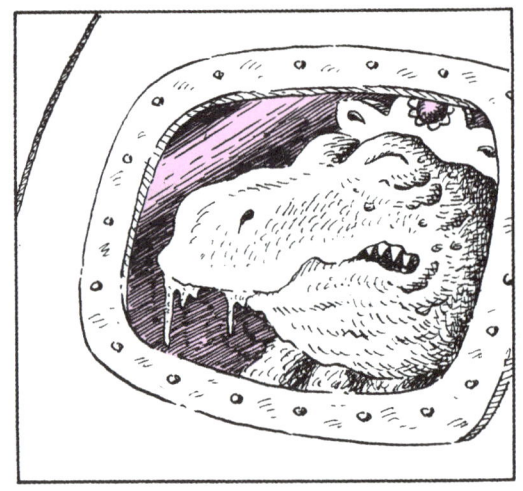

18

梦境头盔

一切都结束了。鼠貂被打败了；蜥蜴女王被冻上了；雾灵山安全了！

有好一阵，胜利的欢呼声响彻密道，普达的大嗓门儿简直像在打雷："在这里乱逛什么，跟我来！"

他带我们穿过密道的门，进入雾灵山的地下室，上了厨房。

布朗出来迎接我。我差点儿就要扑上去拥抱他了。

"布朗！"我说，"我一直在担心你！"

"嗯，我也一直在担心你呢。你和克拉拉咬断阿普西隆的绳子，他就掩护我们，把我们从鼠貂的包围中救了出来。冲啊！杀呀！"布朗转呀跳呀叫呀，描绘着当时的情景。

"奥莉薇很感激他，"他说，"他也来了。"

"阿普西隆在雾灵山？"我低声对布朗说，"他要是饿了怎么办？"

"小家伙，别担心，"阿普西隆弯下腰对我们说，"估计我能靠鸡蛋和煎饼熬上几天。"

他优雅地卧在地上，就像猫一样，这样就能和我们面对面说话了。"奥莉薇邀请我留在这里，正好，我对你们这里的组织颇感好奇。当然，过段时间我还得离开，别忘了，还有些鼠貂能填饱肚子，我得为生态平衡贡献自己的力量。"

他咧嘴笑了，露出尖利的牙齿，不过这次，我一点儿都不害怕。

"尼尔斯，听说你们抓住蜥蜴女王了，"他对我说，"我一直希望能亲手结果她，不过，你们干得真漂亮！"

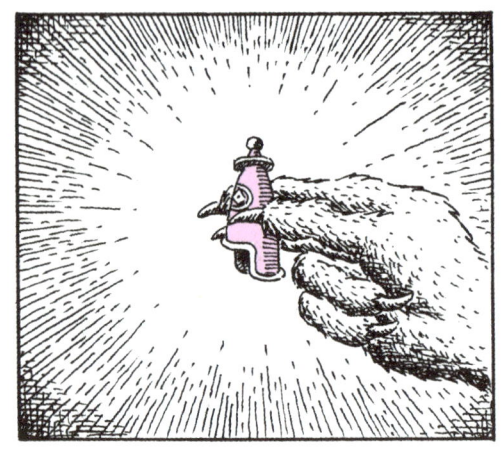

布朗拍拍我的后背，说："这边走，尼尔斯，你是英雄！"

"我们都是英雄！"我说。

立时，屋子里的人都欢呼雀跃起来，熊妈妈端上了山梅汁。

"对了，尼尔斯……"阿普西隆把手伸进腰包，"你会喜欢这个的。"他取出我的头盔，"作为你驾驶飞行沙发的纪念品！"

"我的头盔！"我大叫，"太棒了！"

我戴上头盔，鞠了一躬。"我看起来如何？"我问布朗。

"像个英雄。"布朗说。

"好啦好啦，"我说，"扔掉英雄这个称号吧，怪不好意思的！"

突然间，我觉得很累，便走到椅子下面找了个安全的地方。我仰面躺下，闭上了疲倦的双眼……我飘向了远方：那里山脉连绵，仿佛波浪翻滚。一只友好的花栗鼠飘浮在我身边。

"我们这是在哪里？"我问他，"我穿越时空了吗？"

花栗鼠笑了："我刚刚进入了你梦里，因为你戴上了我留在研究所的头盔。哦，对了，我叫西蒙。"

"哈，"我立刻明白了，"你是西蒙，第一只会说话的花栗鼠。"

"是我，"他说，"你是谁？"

"我是尼尔斯，我听说过你，在《波波的故事》里。"

"《波波的故事》？"

"是我最喜欢的一个传说，"我向他解释，"关于远古时代的传说。"

我和西蒙飞向地面上的一些小山包。"对你来说，这里是远古时代

了？"他问，"那你肯定来自未来，酷！这是时空旅行呢。"

"没错，"我说，"我发现《波波的故事》是真实的，因为比尔认识波波。嘿，比尔肯定也认识你啦！你是他的实验品。你觉得比尔是个疯狂科学家，还是一个天才？"

西蒙笑了："我想，两者都是。比尔还好吗？我们都很挂念他。"

"哦，我们在一间冰冻舱里发现了他，然后把他解冻了。起先，他的话不多，而且比正常的人类小多了。我们认为，肯定是因为他被冷冻的时间太长了。"

"不是的，"西蒙说，"现在活下来的人类都很小。比尔研发出一种

134

缩小剂，这样，人类对地球的影响就小多了。他先在自己身上做了实验，没有效果，但我们发现那只是时间问题——就像生长一样，只不过越长越小。还有些人身上长出了毛。那是波波的主意。当然，当下一代出生时，这种变化就遗传下来了。"

在他说话的时候，我看见几个小小的、毛茸茸的人正从山包里走出来。

我笑起来："人类开始像花栗鼠了！他们也住在洞里吗？"

"当然了，"西蒙回答我，"你看，这里没有树。"

我望向地平线，哪儿都没有树。那一刻我意识到，眼前正是人类统治末日之后的贫瘠时代。

"地球上现在没有一棵树，"西蒙解释着，"实际上，连绿色植物都没有。这里是唯一的一片水藻，种子是我们带来的，我们对未来充满了希望。"

真高兴，人类并没有灭亡。我对西蒙说了我的想法。

他说："灭亡？你为什么这样想？"

我给他讲了绿梅病毒、公路暴力战争，以及大量清洁用品的事情。

"嗯，这些东西确实对人类的数量产生了影响，这是事实。但是，并非所有的人都死了。很多人都加入到了太空计划里。玛丽和波波不想离开地球，于是，他们把一些朋友聚在一起，在这里安了家。"

　　"这里是什么地方？"我问。

　　"是地球的尽头。走进我的记忆中，我带你去看看吧。"

　　哈！终于等到这一天了！终于有人能带我看过去发生的事情！

　　"嘿，等一下！"当他匆匆滑入一条长长的隧道时，我大叫，"我们这是在哪儿？"

　　"在我的大脑中。"西蒙说。

　　这里有一点点像雾灵山的那条密道。老天保佑，别有雾圈！

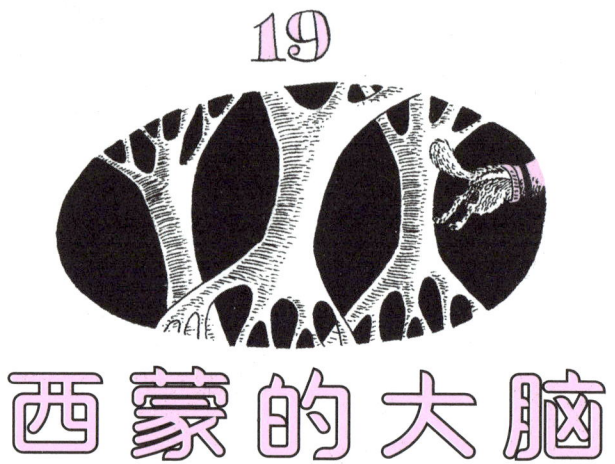

西蒙的大脑

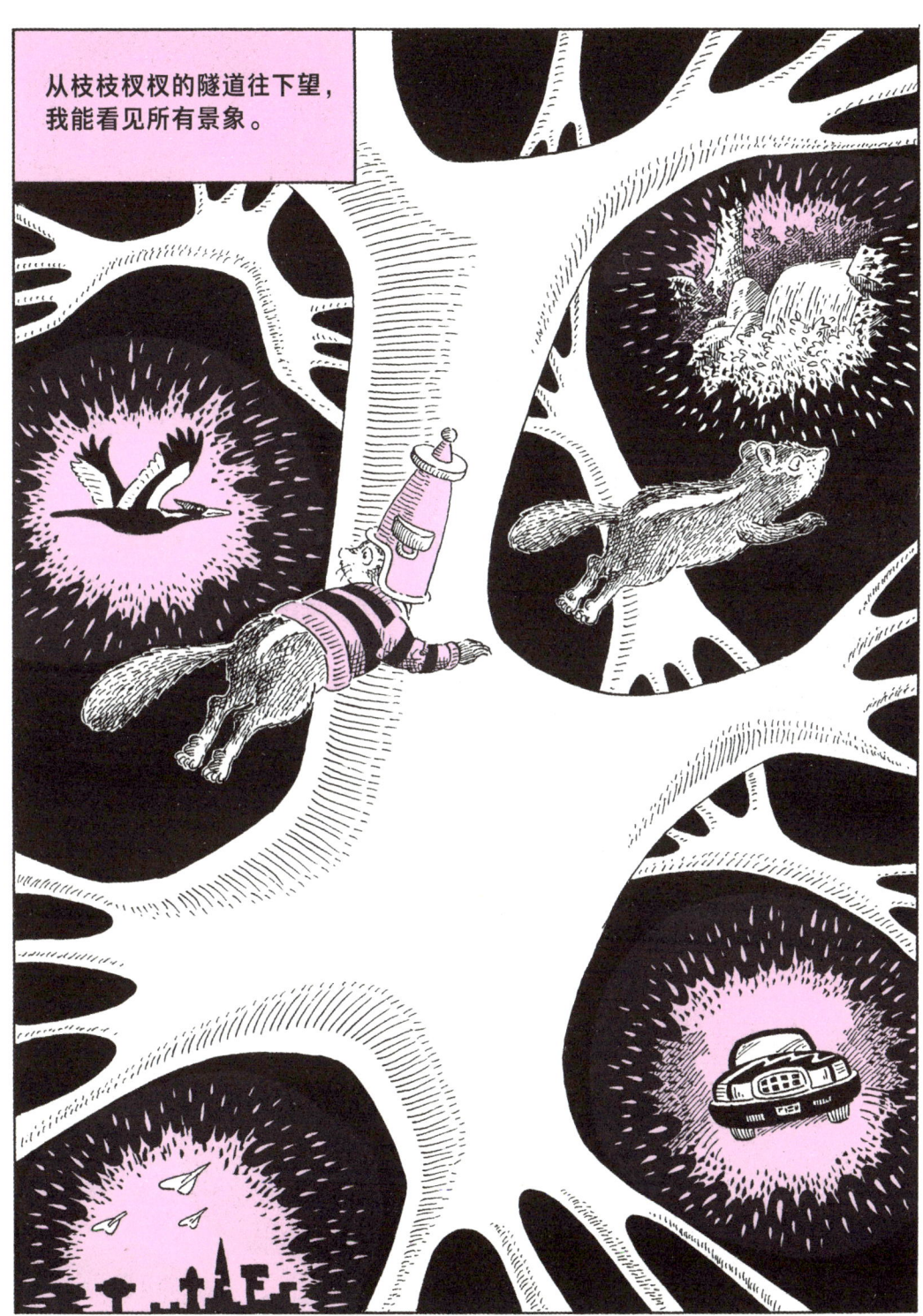

从枝枝杈杈的隧道往下望，
我能看见所有景象。

138

我完全被这些画面吸引住，流连不已。

走吧，那不过是些旧电视广告，根本不是我想带你看的东西。

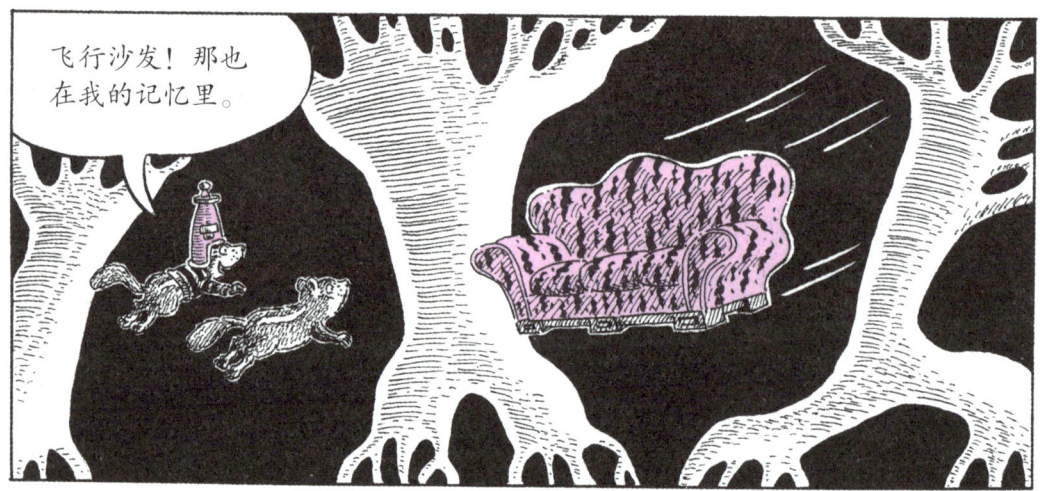

飞行沙发！那也在我的记忆里。

这是我目睹的，最最让人心碎的事情。我们的生活里，不能没有树呀。

没错。

我们飞回到西蒙大脑的隧道中。

这些树木怎么会死掉？

有很多原因——你看见的排放物改变了气候，毫无忌惮的实验导致了意想不到的结果。

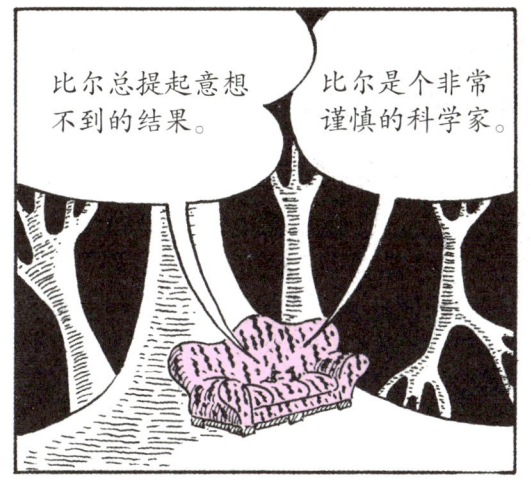

我在脑海中描绘着野森林的树。西蒙好像能看见这幅画面。

尼尔斯，再没有比这个更让我兴奋的了！

树木反抗时期！这么说，这就是最后发生的事。

没错，可这不是结束，对吧？无论怎样，生活总在继续。

生活在继续……

20

生活在继续

"尼尔斯，快醒醒。你要错过晚宴啦！"布朗摇着我的胳膊。

"生活在继续。"我对他说。

"你已经说过了。"布朗说。

我摘掉头盔，观察里边，可它跟普通的头盔没什么两样。我转过身对布朗说："我什么都知道。"

"是，没错。"布朗说，"你已经饿晕了吧，快出来吃点儿东西吧。"

"不不，我的意思是，我知道人类统治时期发生的事情，还有在玛丽、波波以及西蒙身上发生的事情。"

比尔把头伸进椅子底下："你知道玛丽后来怎么了？"

我举起头盔："全在这里，"我向他解释，"你戴上这个头盔睡觉，就能进入西蒙的记忆中。西蒙、玛丽还有波波都去地球的末日生活了！就在树木反抗时期之后！"

比尔和布朗只是望着我。

"嘿，你试试！"我把头盔推给布朗。

"我才不试呢。"他把头盔又递给了比尔。

比尔翻来覆去看了好几遍，然后就笑了，拿着头盔快步走开。

"你用完要还给我啊！"我在他后面叫道，"比尔，别拿它做实验啊！可能会出现意想不到的结果！"然后，我和布朗去吃东西了。

但愿比尔别毁了我的头盔，我还想再回到梦里玩儿呢，可以让西蒙带我去看人类统治地球时发生的很多事情。我也可以告诉西蒙我们这个时期的很多事情……关于野森林、毁灭之城、远南岛、变异螃蟹、比尔送给我的船、我所有的好朋友，还有我们现在在雾灵山的生活！

21

尼尔斯的大作

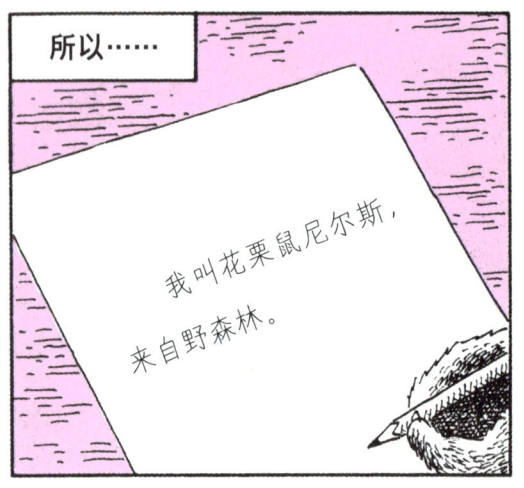

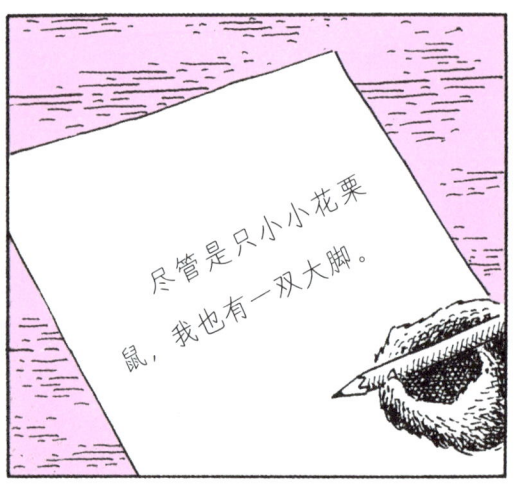

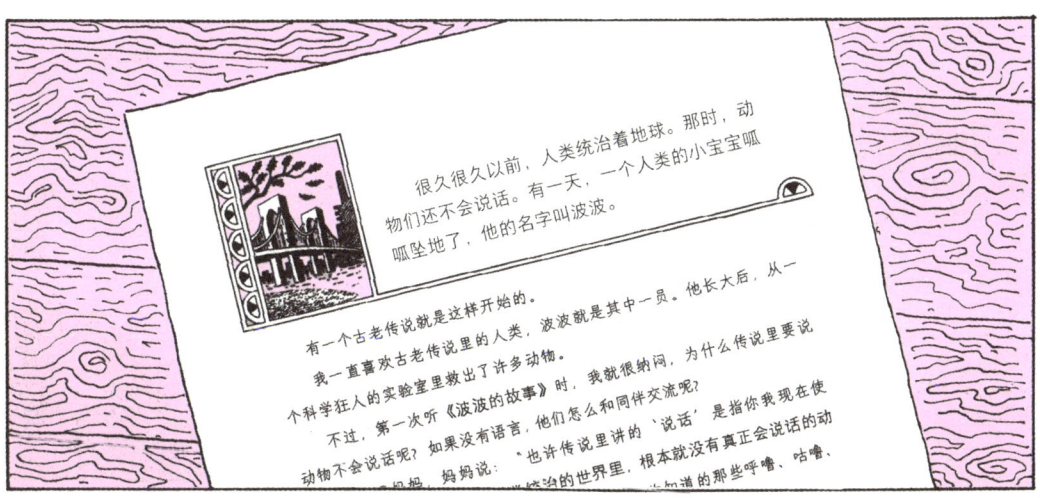

154

版权合同登记号 图字：22-2014-143

图书在版编目（ＣＩＰ）数据

西蒙的记忆 / （美）苏珊·谢德文；（美）乔恩·布
勒图；漆仰平译. -- 贵阳：贵州人民出版社，2025.
1. --（雾灵三部曲）. — ISBN 978-7-221-18952-3
Ⅰ. I712.84
中国国家版本馆CIP数据核字第2024FZ3104号

WULING SANBUQU
XIMENG DE JIYI
雾灵三部曲
西蒙的记忆

［美］苏珊·谢德 文　［美］乔恩·布勒 图　漆仰平 译

出 版 人　朱文迅　策　　划　蒲公英童书馆
责任编辑　颜小鹂　执行编辑　肖杨洋　装帧设计　刘　洋　王艳霞　责任印制　郑海鸥

出版发行　贵州出版集团　贵州人民出版社
地　　址　贵阳市观山湖区中天会展城会展东路SOHO公寓A座（010-85805785　编辑部）
印　　刷　北京博海升彩色印刷有限公司（010-60594509）
版　　次　2025年1月第1版
印　　次　2025年1月第1次印刷
开　　本　710毫米×1000毫米　1/16
印　　张　10.5
字　　数　90千字
书　　号　ISBN 978-7-221-18952-3
定　　价　39.80元

如发现图书印装质量问题，请与印刷厂联系调换；版权所有，翻版必究；未经许可，不得转载。
质量监督电话　010-85805785-8015